AF329268

SAÜL,

ORATORIO MIS EN ACTION;

REPRÉSENTÉ

SUR LE THÉATRE DES ARTS;

LE 16 GERMINAL AN XI.

A PARIS,

Chez { BALLARD, Imprimeur du Théâtre des Arts, rue
J.-J. Rousseau, n°. 14;
DEFRELLE, Libraire, cloître St.-Honoré, n°. 11.

AN XI (1803).

Les Paroles sont des CC. Morel, Deschamps et D....

Les CC. Kalbrenner et Lachnitz ont arrangé la
Musique.

AVERTISSEMENT.

L'Italie a depuis long-tems adopté les Oratorio mis en action. A
son exemple, nous offrons au public cet essai, bien moins par l'ambition
de tenter une chose nouvelle, que par le desir de varier les plaisirs d'une
Nation sensible aux charmes de l'harmonie, mais plus encore aux im-
pressions dramatiques, et que les sons les plus séduisans ne peuvent long-
tems distraire du besoin d'occuper son cœur, son esprit, ou ses yeux.
Les Concerts spirituels que donnait, autrefois, l'Académie de Musique,
malgré le concours des talens les plus célèbres, n'ont point paru produire
sur le public tout ce que l'on avait droit d'en espérer. Sans renoncer à
un genre qui a ses avantages, nous avons cru pouvoir y ajouter de l'effet,
en donnant un cadre aux différens morceaux de musique, en les sou-
tenant par le mouvement de la scène et la variété des costumes et des
décorations.

Le titre d'Oratorio nous prescrivait la loi de ne choisir qu'un sujet
religieux ; et la réunion des airs que nous voulions faire entendre, de-
mandait une action assez claire, assez simple pour ne comporter que
le récitatif nécessaire à l'intelligence des scènes, et pour que les airs en
fussent eux-mêmes le principal développement. Ces airs, nous les avons
choisis dans les ouvrages des grands compositeurs, étrangers et nationaux :
Paesiello, Cimarosa, Mozart, Haydn, Handel, Naumann,
Gossec et Philidor.

Nous avons, de même, souvent puisé chez nos plus grands poètes,
les motifs des paroles, même jusqu'aux expressions ; et nous aurions, sans
scrupule, multiplié ces larcins, si dans chaque morceau que nous avions
à parodier, l'esclavage continuel imposé par le rythme musical, la con-
trainte des petites mesures, le redoublement des rimes, la nécessité de
plier les idées au sens des notes, de n'offrir à l'oreille que des terminaisons
sonores, et sur-tout de mesurer les syllabes de manière qu'elles ne fussent
jamais coupées par le chant, et que la prosodie fût respectée ; si toutes
ces entraves ne nous avaient fait craindre de trop défigurer les beaux vers
et les grandes images de Racine et de J. - B. Rousseau.

Tels ont été nos efforts pour remplir l'objet que nous nous proposions.
On l'a dit :

« Tous les genres sont bons, hors le genre ennuyeux ».

Si celui-ci n'est pas, comme tel, réprouvé du public, il peut, entre
des mains plus habiles, recevoir toute la perfection dont il est susceptible,
et devenir, par la suite, une source de plaisirs nouveaux.

PERSONNAGES.

<table>
<tr><td>SAÜL, Roi d'Israël,</td><td>C. Chéron.</td></tr>
<tr><td>JONATHAS, fils de Saül,</td><td>C. La Forêt.</td></tr>
<tr><td>MEROB, fille de Saül,</td><td>Mlle. Chollet.</td></tr>
<tr><td>DAVID,</td><td>C. Laïs.</td></tr>
<tr><td>ABNER, Guerrier attaché à Saül,</td><td>C. Bertin.</td></tr>
<tr><td>NATHAN, Pontife,</td><td>C. Picard.</td></tr>
<tr><td>OZA, jeune Israélite,</td><td>Mlle. Armand.</td></tr>
<tr><td>GUERRIERS ISRAÉLITES.</td><td></td></tr>
<tr><td>PEUPLE.</td><td></td></tr>
<tr><td>LÉVITES PRINCIPAUX,</td><td>CC. { ROLAND, NOURRIT, DERIVIS.</td></tr>
<tr><td>LÉVITES.</td><td></td></tr>
</table>

SAÜL,
ORATORIO EN TROIS PARTIES.

PREMIÈRE PARTIE.

*Le Théâtre représente un Appartement du Palais,
faiblement éclairé.*

SCÈNE PREMIÈRE.

S A ü L, *couvert de ses armes, est sur son lit : il se
lève avec agitation.*

EN vain brille déjà l'aurore ;
Les ténèbres, l'effroi m'environnent encore.
O douce paix ! je la cherche, elle fuit.
Le remords me déchire, et l'horreur me poursuit ;
Tout m'annonce des maux que je crains, que j'ignore.
De l'avenir osons percer la nuit.
D'un oracle fameux j'ai mandé l'interprète.
Trop malheureux Saül, quelle témérité !
Quand, déjà, le ciel me rejète,
Dois-je irriter encore, un Dieu trop irrité ?

A I R (de Paësiello.)

Eloigne, ô ciel ! le glaive horrible
Prêt à tomber, à tous momens.

A

SAUL,

Dieu sévère, juge terrible,
Termine enfin mes longs tourmens!
Oui, trop long-tems sur ma tête
De la mort, le trait s'arrête :
Frappe, ne menace pas !
Venge-toi, la victime est prête ;
Que ta foudre tombe en éclats :
Frappe, ne menace pas !

SCÈNE II.

SAÜL, ABNER.

ABNER.

VERS ces lieux, en secret, on conduit la prêtresse
Qui préside au temple d'Endor;
Mais lui confierez-vous le chagrin qui vous presse?
Seigneur....

SAÜL.

Oui, je le veux, Abner; qu'elle paraisse.
Oui, courez... Qu'ai-je dit? Non.... différez encor.

ABNER.

Ah! prince!

SAÜL.

Éloignez-vous; un autre espoir m'anime.
(*Abner sort.*)

SCÈNE III.

SAÜL.

Toi, jadis, de Saül, oracle légitime,
Que n'es-tu parmi nous pour m'épargner un crime !
O Samuel ! prends pitié de mes maux,
Réponds-moi, du sein des tombeaux.

(Un bruit sourd se fait entendre.)

Quel soudain murmure !
Je me sens troubler.
La nuit plus obscure
Semble redoubler.

*(Des sillons d'une lumière sinistre éclairent l'appartement.
L'ombre de Samuel paraît.)*

Une ombre !... Samuel !... Eh bien ! je t'en conjure,
Parle....

*(L'ombre de Samuel lui montre , écrits en traits de feu ,
ces mots que Saül lit à haute voix.)*

« TON HEURE APPROCHE ET TON RÈGNE EST PASSÉ ».

L'ombre et les caractères disparaissent.)

SAÜL.

Et voilà donc le sort qui m'était annoncé !
(Il reprend l'air : Ah ! trop long-tems sur ma tête.)

SCÈNE IV.

JONATHAS, MEROB, ABNER, SAÜL.

JONATHAS.

Quel cri s'est fait entendre, et quel est notre effroi !
(avec Merob.)
O mon père !

ABNER.

O Saül !

SAÜL.

Ah ! fuyez ; laissez-moi.

Trio (de Paësiello.)

JONATHAS, MEROB, ABNER.

Dans la peine qui vous accable,
A nos vœux le ciel favorable
Prendra soin de vos jours.
Dieu propice, dieu secourable,
A toi seul nous avons recours !
Non, tu n'es point inexorable :
De nos larmes, finis le cours.
(On entend des sons de harpe.)

MEROB.

L'air retentit des doux sons de la lyre.

ABNER.

C'est le fils d'Isaï, c'est David, ce pasteur
Que l'esprit du seigneur inspire.

JONATHAS, *à Saül.*

De ses accords la touchante douceur,
Plus d'une fois, a calmé votre cœur.
(*Il sort avec Merob, pour aller chercher David.*)

SAÜL.

Il n'est rien qui désarme
Le Dieu sur nous près d'éclater.

SCÈNE V.

LES MÊMES, DAVID, *amené par Merob et Jonathas,
et suivi de plusieurs Officiers et de Femmes de la
cour de Saül.*

ABNER, *en sortant, dit à David :*

SECONDEZ leurs efforts.

DAVID, *à part.*

Dieu, redouble le charme
Qu'à ma voix tu daignes prêter !
(*haut.*)
Saül, reprends courage ; un nouveau jour se lève !
Le tems, à mes regards, soulève
Son voile mystérieux.
O bienfaits dignes de mémoire !
Sur un avenir plein de gloire,
Il est doux d'arrêter les yeux.

AIR *de Philidor* (Carmen sœculare.)
PSEAUME 101.

Quel espoir le ciel me présente !
Je vois, malgré de longs malheurs,
Sion plus belle et plus brillante,
Et ses enfans par-tout vainqueurs.

Vous, tribus long-tems fugitives,
Repassez les monts et les mers;
Venez respirer sur nos rives,
Tous les chemins vous sont ouverts.

Déjà, du plus haut des montagnes,
Comme un fleuve délicieux,
Sont descendus dans nos campagnes
La paix et tous les dons des cieux.
Sion! ta gloire est immortelle;
Tes remparts ne sont plus déserts;
Et pour voir ta splendeur nouvelle,
On accourt, de tout l'univers.

SCENE VI.

LES MÊMES, ABNER *rentre d'un air agité*, GUERRIERS,
Peuple d'Israël.

ABNER.

JUSQU'AUX pieds de nos murs le Philistin s'avance;
Goliath, un géant orgueilleux et cruel,
Défie avec insolence
Les plus vaillans d'Israël.

FINALE (de Mozart.)

CORYPHÉES.

On craint ce tigre sanguinaire :
La mort suit ses pas.

CHŒUR.

La mort suit ses pas.

CORYPHÉES.

Il ressemble au dieu de la guerre.
La crainte arrête nos soldats.

SAÜL ET LES GUERRIERS.

Le crainte arrête nos soldats !
Courons, volons, armons nos bras.

DAVID, *à Saül.*

O Saül ! notre espérance,
Laissez-nous seuls aux périls nous offrir.

SAÜL ET LES GUERRIERS.

Vengeance !
Un orgueilleux nous brave tous :
Vengeance !
Qu'il tombe sous nos coups.

MEROB, JONATHAS, *à Saül.*

A nos pleurs daignez vous rendre ;
Aux périls devez-vous courir ?

DAVID.

C'est à nous seuls de vous défendre ;
Pour vous, nous devons nous offrir.

SAÜL.

C'est de ma main qu'il doit périr.
(avec le Chœur.)
Vengeance, etc.

DAVID.

Je ne suis qu'un simple pasteur,
Je n'en ai que les faibles armes ;

SAUL,

Mais d'un berger, dans nos alarmes,
Dieu peut faire un vengeur.

SAÜL, *à tous*.

Je serai seul votre vengeur.

CHŒUR GÉNÉRAL.

Dieu, maître de la victoire,
Ne permets pas que ta gloire,
Au milieu de nos dangers,
Passe à des dieux étrangers.

DAVID.

Si nos aïeux tranquilles
Sous sa puissante main,
Ont vu les eaux dociles
Leur ouvrir un chemin;
S'il a daigné lui-même
Les nourrir aux déserts,
Dois-tu, peuple qu'il aime,
Dois-tu craindre des fers?

PARTIE DU CHŒUR.

Peut-on, lorsqu'il nous aime,
Peut-on craindre des fers?

CHŒUR GÉNÉRAL.

Arbitre de la victoire,
Vois nos ennemis armés:
Lance tes traits enflammés.
Que nos ennemis armés
Soient consumés
Par tes traits enflammés.

DEUXIÈME PARTIE.

Le théâtre représente une Place publique ; d'un côté est le temple, de l'autre le palais de Saül.

SCENE PREMIERE.

SAÜL, TROIS CHEFS des Israélites.

SAÜL.

AINSI, de Goliath le vainqueur orgueilleux,
Seul du combat a recueilli la gloire !
Que ce David m'est odieux !
J'ai vu..... j'ose à peine le croire,
J'ai vu ce jeune audacieux,
Abattre de sa main le géant furieux.

UN DES CHEFS.

Votre peuple enivré l'élève jusqu'au cieux,
Et de vos longs succès a perdu la mémoire.

TRIO (d'Haydn.)

SAÜL.

Peuple ingrat et volage !
O mortel outrage !
Un pasteur obtient l'avantage !
Qu'il paiera cher ce moment de faveur !
Haine, fureur,
Vous dévorez mon cœur !

B

SAUL,

TRIO.

Oui, le peuple s'agite,
Contre vous, on l'irrite.
Perdez l'insolent vainqueur ;
Oui, le peuple s'agite.

SAÜL.

Dieu ne sait donc point pardonner !
Voilà quelle peine
Sa haine
M'a voulu destiner !
Dieu ne sait donc point pardonner !

ENSEMBLE.

<table>
<tr><td>SAÜL.</td><td>LES CHEFS.</td></tr>
<tr><td>Il faut punir un téméraire :
Qu'il porte seul le poids de ma colère.</td><td>Ah ! de votre colère
Modérez les éclats :
Pour mieux frapper le téméraire ;
Prince, ne vous trahissez pas.</td></tr>
</table>

CHŒUR DU PEUPLE, *qu'on entend de loin.*

« Gloire à David, à sa valeur » !

SAÜL.

Quels transports ! c'est son nom, c'est lui seul que l'on vante !
Rentrons, dérobons-nous à leur joie insultante.

SCÈNE II.

LES MÊMES, ABNER.

ABNER.

HEUREUX de vous avoir servi,
David, auprès de vous s'empresse de paraître,
Malgré lui, par le peuple environné, suivi.

S A ü L, *avec fureur.*

Ses services.... mon cœur saura les reconnaître.

(Ils rentrent tous dans le palais , avec Saül.)

SCÈNE III.

Entrée de DAVID, amené en triomphe par le Peuple.

MARCHE (de Mozart.)

CHŒUR DU PEUPLE.

GLOIRE à David, à sa valeur !
Son bras vainqueur
Seul, d'Israël a soutenu l'honneur.
Lui seul, il nous rassure,
Il venge notre injure :
Nous devons tout à sa valeur.

DAVID.

Est-ce à moi qu'il faut rendre grace
D'un succès qu'Israël doit au secours divin ?
C'est Dieu qui de leur chef a terrassé l'audace ;
C'est l'ange du Seigneur qui conduisit ma main.

CHŒUR (de Handel.)

DAVID et le PEUPLE.

Pour nous, le ciel a combattu :
De nos cœurs offrons-lui l'hommage.
D'un cruel ennemi la mort est le partage ,
Et le superbe est abattu.
Pour nous, le ciel a combattu.

(Danse religieuse , en actions de graces.)

B 2

SAUL;

UNE JEUNE ISRAÉLITE.

Air (*de Paësiello.*)

Loin du Jourdain, loin de ses douces rives,
Nous allions, captives,
Fuir aujourd'hui.
Gloire au courage
Qui, dans l'orage,
S'est montré notre appui !
Sion renaît par lui.
J'ai vu l'impie adoré sur la terre :
Son front audacieux défiait le tonnerre,
Sous ses pieds, il foulait ses ennemis vaincus....
Je n'ai fait que passer, il n'était déjà plus.
Pour jamais il osait croire
Avoir fondé sa gloire ;
Je n'ai fait que passer, il n'était déjà plus.

(*Après cet air, l'on danse et l'on forme un grouppe autour
de David.*)

SCÈNE IV.

LES MÊMES, ABNER.

ABNER.

DAVID, éloignez-vous, Saül est furieux ;
Ah ! fuyez et plaignez un prince malheureux.

(*Dans ce moment, une flèche lancée du palais contre David,
vient tomber à ses pieds.*)

UN HOMME DU PEUPLE.

Ciel ! ô ciel ! une flèche impie,
Qui de David cherchait le sein !

UN AUTRE.

Du palais contre lui vole un trait assassin.

TOUS.

O trahison ! ô perfidie !

DAVID.

Eh ! quoi, j'ai pu causer l'envie !
Oui, je porte le trouble, et je dois m'en punir.
D'ici, laissez-moi me bannir ;
Loin des remparts d'Hébron j'irai cacher ma vie.

AIR (de Paësiello.)

Ah ! combien vos larmes
Ont pour moi de charmes !
Mes ennemis en fureur
Aiguisent contre moi les armes
De l'imposture et de l'erreur ;
Mais Dieu, témoin de l'innocence,
Confondra leur lâche espérance.
C'est à regret que je vous fuis,
Mon sort le veut, et j'obéis.

CHŒUR.

La gloire te couronne,
Notre amour t'environne,
David, et tu nous fuis !
Ne crains pas tes ennemis.

DAVID.

C'est à regret que je vous fuis,
Mon sort le veut, et j'obéis.

(Il s'éloigne.)

SCÈNE V.

CHŒUR.

NOTRE amour timide
Le laisse outrager !
D'un complot perfide
Courons le venger.

SCÈNE VI.

NATHAN *et d'autres Prêtres paraissent sur les degrés*
du temple.

CHANT *du* Sanctus (*de Mozart.*)

NATHAN.

PEUPLE, arrête : quels vœux a conçus ta fureur ?
Rougis de te montrer rebelle
A celui qui sur toi règne au nom du Seigneur.
Viens ! de la guerre encor tout annonce l'horreur.
Près de l'arche sacrée, un saint devoir t'appèle ;
Peuple, pour la sauver, viens seconder mon zèle.

CHŒUR DU PEUPLE.

(*de Haydn.*)

Pontife saint, nous marchons sur tes pas.
C'est Dieu qu'on croit entendre.
Dérobons l'arche sainte aux fureurs des combats,
Près d'elle il faut nous rendre ;
L'ennemi pourrait la surprendre :
Pontife saint, nous marchons sur tes pas.

TROISIÈME PARTIE.

Le théâtre représente un lieu solitaire, environné de rochers.

SCENE PREMIERE.

DAVID.

Faut-il que je te quitte, ô ma chère patrie,
Quand le Philistin, en furie,
De Goliath vaincu prétend venger la mort !
On combat de nouveau ; mais, contre leur effort,
Au bras de Dieu je me confie.

RONDEAU (de Naumann.)

O toi, seul arbitre du monde,
Dont l'appui ne manque jamais,
Dans un cœur qui sur toi se fonde,
Nul revers ne trouble la paix.
Assuré qu'un Dieu nous seconde,
Dans un cœur qui, sur lui se fonde,
Nul revers ne trouble la paix.

Cet abri me dérobe à l'injuste colère
D'un prince que jamais je n'avais offensé.
Grand Dieu, daigne aussi le soustraire
Aux périls, aux malheurs dont il est menacé.

A I R (de Mozart.)

Prends soin de lui, de sa puissance :
C'est ta cause que tu défends !
Rends la victoire à sa vaillance ,
     Et l'espérance
     A tes enfans.

SCÈNE II.

DAVID, SAÜL, *accourant en désordre.*

S A ü L.

O rochers, cachez-moi !... le désespoir m'entraîne ;
     Vaincu , désarmé , poursuivi ,
J'ai vu tomber mon fils : ma mort suivra la sienne.
O mort, ô seul espoir qui ne m'est point ravi,
     Termine et ma honte et ma peine !
     Mais en ces lieux, qui s'offre à moi ?

D A V I D.

Mon maître !...
        S A ü L.

C'est David !

D A V I D.

     Souffrez...

     S A ü L.
           Retire-toi.

Tous mes malheurs sont ton ouvrage.

D A V I D.

Au prix de tout mon sang, ah ! puissent-ils finir !

SAÜL.

Pourquoi me poursuis-tu jusqu'en ce lieu sauvage ?

DAVID.

Je fuyais.

SAÜL.

Je t'abhorre.

DAVID.

Et je dois vous bénir.

SAÜL.

N'espère point appaiser ma colère.

DAVID.

Mon zèle....

SAÜL.

Eh ! bien, s'il est sincère...

DAVID.

Ordonnez.

SAÜL, *saisissant l'épée de David.*

Prends ce fer, plonge-le dans mon sein.

DAVID.

O ciel ! quel coupable dessein !
(On entend un bruit de guerre.)
L'ennemi n'est pas loin ; la gloire vous rappelle.
Venez rejoindre une troupe fidelle,
Venez vaincre ou mourir, les armes à la main.

(Il l'entraîne.)

C

SCÈNE III.

Le théâtre change et représente le lieu où les Lévites gardent l'arche d'alliance.

NATHAN, LÉVITES, FEMMES, ENFANS, etc.

A I R (de Mozart.)

NATHAN.

QUE Dieu rende inaccessible
La retraite paisible
Où nous cachons ce trésor précieux !

Sur le chant d'ô salutaris hostia , (de Gossec.)

TROIS LÉVITES.

O toi, pour les Hébreux,
Gage sacré, symbole heureux
D'une alliance avec les cieux,
Arche sainte, défends ces lieux,
Et fais tomber tous les faux dieux.

CHŒUR.

Gage sacré, chère espérance,
Douce alliance
Avec les cieux,
Détruis l'empire des faux dieux.

SCÈNE IV.

LES MÊMES ABNER, *accourant.*

ABNER.

Saül n'est plus, David est en danger ;
Lévites, près de moi venez tous vous ranger.
Si l'ennemi découvre cette enceinte,
Mourons au pied de l'arche ; et pour elle, sans crainte,
Osons braver les Philistins.

(On se place autour de l'arche. Des chants de victoire se font entendre.)

ABNER.

Eh ! quoi, la victoire à leurs mains,
Amis, serait-elle enlevée ?

SCÈNE V.

LES MÊMES, DAVID *entre au milieu des soldats : on entend des chants de victoire, un roulement de timballes, des fanfares, etc.*

DAVID.

Lévites, louez Dieu, l'arche sainte est sauvée,

TROIS LÉVITES.

Trio (de Cimarosa.)

De notre vengeur,
Nous pleurions l'absence.
Plus prompt que l'espérance,
Il vient, il est vainqueur.
Les maîtres de la terre
Portaient ici la guerre ;
Leur ligue téméraire
Soudain s'évanouit,
Comme l'ombre légère
Que le jour détruit.

DAVID.

Leur fureur homicide
Crut nos bras impuissans et notre cœur timide.
L'Eternel est notre guide ;
Tout a fui
Devant lui.

TRIO, à David.

Seul vainqueur de tant d'obstacles,
Vos exploits sont nos oracles ;
Dieu prouve, par des miracles,
Le choix qu'il a fait de vous.
O choix heureux pour nous !
Votre gloire illustre nos armes,
Et vos soins vont sécher nos larmes :
Ils nous rendront le calme et le bonheur.

DAVID.

Fier de guider vos armes,
Quel chef ne serait vainqueur ?

LES TROIS ENSEMBLE.

Nous vous devrons notre bonheur.

DAVID, *au Peuple.*

Que Dieu, par-tout, soit adoré ;
Rouvrez le temple de vos pères :
À l'ombre de nos saints mystères,
Rendons ce dépôt sacré.

CHŒUR.

Au temple saint, au temple de nos pères,
Portons ce dépôt révéré.

MARCHE.

CHŒUR DE FEMMES.

Chœur des Anges,
A nos louanges

SAUL, ORATORIO.

Unissez-vous, applaudissez.
Saints portiques,
De nos cantiques
Retentissez.

CHŒUR GÉNÉRAL.

Au temple saint, au temple de nos pères,
Portons ce dépôt révéré.

FIN.